人生如旅

张辉 著

羊城晚报出版社
·广州·

图书在版编目（CIP）数据

人生如旅 / 张辉著. —广州：羊城晚报出版社，2018. 6

ISBN 978-7-5543-0586-7

Ⅰ. ①人… Ⅱ. ①张… Ⅲ. ①诗词—作品集—中国—当代 Ⅳ. ①I227

中国版本图书馆CIP数据核字（2018）第107204号

人生如旅

Rensheng Ru Lü

策划编辑 朱复融
责任编辑 朱复融
责任技编 张广生
装帧设计 友间文化
责任校对 王晓娜
出版发行 羊城晚报出版社
（广州市天河区黄埔大道中309号羊城创意产业园3-13B 邮编：510665）
发行部电话：（020）87133824
出 版 人 吴 江
经 销 广东新华发行集团股份有限公司
印 刷 佛山市浩文彩色印刷有限公司（佛山市南海区狮山科技工业园A区）
规 格 889毫米×1194毫米 1/32 印张9 字数130千
版 次 2018年6月第1版 2018年6月第1次印刷
书 号 ISBN 978-7-5543-0586-7
定 价 38.00元

写在前面

浅墨素笺，清微淡远，带一缕茶香，寻一份安然，让快乐与忧郁随浪漫扩散。

退休之后，我一直在寻找生命中的那棵树，好让饱食终日的悠忽生活有个依靠。于是乎，“每日一诗”使我不再摇晃。在这里，生命多了一抹阳光，生活添了一些色彩。它让我带着炽热的血液走向那夕霞余晖。

继去年第一本诗集《人生如茶》出版之后，便一发而不可收。我从一年来吟咏的诗词中筛选三百余首再汇成册，名曰《人生如旅》，并把它分为：亲情乡感、山川游吟、风花雪月、触景寄意、品味人生、碎想随笔六个部分。在创作过程中，我力求做到三点：一是求真。真切感悟，真情所至；二是押韵。这应是诗词与文章的显著区别；三是通俗。尽量让阅读者没有障碍。或许这本小册子不合诗律、平仄不调，但我还是敝帚自珍地将此书奉献给您。

张　辉

2017年10月于广州

心至云水处，当抒襟怀真

朱复融

丙申晚秋，羊城的风依然带着暖意。张辉兄带着新创作的诗词稿与我再次见面。在街边的小茶馆里，因为对古体诗词创作的同好，诗观也相近，话题自然聊得深长，诗意与茶意在这个商业的都市里，竟难得地浅酌出一些典雅的韵味来。

张辉兄是个珍情重义的人，军旅几十年，对故乡亲人朋友一直保持着深厚的情谊。他的诗中流露最多的就是对他们的浓浓思念，"天涯何处为归宿？母亲在哪哪是家。"（《家的概念》），"无力眺望桑梓地，乡愁禁囚楼林中。"（《乡愁》），"如今二老去天堂。屋庐空，家何方？秋雁两行泪两行。"（《重阳怀故》）等等，读之常常为他的赤诚之心所感动。

张辉兄从部队领导岗位退下来，有了更多的时间行旅山川河海，领略田园风光。北陟长城，足登南岳，西至黄河，东泛吴越，笠杖所经，辄记以诗。在他的眼中，那些山水中的一草一木，一花一叶，甚至一尘一砾都是有生命的。如"穿越千年亘万里，民族风骨古今同。”（《长城》），“横眉凌云展劲节，傲骨从不畏西风。”（《黄山松》），“置身已是青云处，还有青云在上头。”（《登泰山》）等等，这样的诗句和人的灵魂是相通的，能让人感受到山的冷热，水的欢悲。到了这个境界，仿佛写什么都是活的，不需要任何典故来佐证，就像优秀画家简洁的素描，这些诗只需几笔勾勒，风情即现。在让我们享受山水之美的同时，也让我们真实地感受到“满目皆盛景，无处不成诗”的境界。读他的《踏莎行·梦里江南》：“雀鸟啾啾，深院幽幽，涌泉溪眼叮咚流。粉墙黛瓦石板巷，拱桥拂柳乌篷舟。春雨稠稠，熏风柔柔，临窗浅酌屠苏酒。青衣少女画里行，桃红映得一抹羞。”一股江南水乡的清新之气扑鼻而来。穿梭于江南山水与风情之中，心绪勃然，不时地会被春的景象所感召，让视角因春风、春雨、春意的牵引而转向最佳角度。眼中的景色不单是情景本身，还有景色之后流淌的历史、文化的溪流。处处皆是画，哪里都是诗。这种美好的句子很多，就不一一举出了。

汉语传统诗歌持久魅力的构成有诸多的因素，其中最为主要的是它极大地张扬并体现了诗人独特的情怀，而且把这种情怀点化成了诗中的意境和韵味。张辉兄的诗生活气息浓郁，敏思易感，捕意有度，写身边事，道心中情。他的诗以“五真”见长：真景，真事，真情，真意，真境。在形式上也不拘一格，新旧两体，自由率性，忽长忽短，时整时散。风格上有的激情满怀，有的沉郁隐忍，有的轻松幽默，有的闲适飘逸。语言通俗，有的接近俚语，且较少用典，读之不隔。如“莫道岭南春来早，其实压根就没离。”（《岭南之春》），“万紫千红关不住，合心打造艳阳天。”（《春遣》）等等，文字写到这个份儿上，真实平淡，也最能打动人心。

如果把旧体诗风格分类，大致有三种：一是“有景无情说明书式”的；二是“有情无景记事本式”的；三是“情景交融借景抒情”式的。张辉先生许多诗词情景交融，意境浓郁。托物言志，人物两合。“并非闲逛，拾回春一筐。”（《临江仙·拾春》），“潭影浮云何足问，闲心听鸟唠家常。”（《盛夏二首》），一杯清浅，一份悠闲，秋见荷花，不感迟暮，而近其芬，实是他自己人生境况的写照。

“不薄今人爱古人，清词丽句必为邻。”诗眼张合之间，一笔沉香终入情怀之册。置身其中，如读万卷诗书，如阅万幅墨画。在情感与现实的往复交替中，诗人笔下的景象如喧嚣尘世中仅存的世外桃源，予人美好遐思与无限向往。“几度凭栏观不厌，爱她清白洁无瑕。”（《黄果树瀑布》）。难能可贵的是，张辉兄以诗的形式在商涛阵阵的世俗中，抒表自己淡薄名利、超然洒脱的人生态度，展现了一份与优秀传统一脉相承的诗意人生与博大襟怀。

前年出版的《人生如茶》是张辉兄的第一部诗词集，我有幸担任此书的责任编辑。国防大学原政委刘亚洲上将以战友和知交的身份为之作了序文。《人生如旅》是他的第二部诗词集，嘱我作序，意为从诗词创作者的同道视角给予评论，我欣然受命，惜珍诗缘。且以一诗相赠：何叹前贤诗高古，今人当愧眼界低。山川风色老模样，新句须磨几层皮。聊以共勉。

2018年5月写于广州墨龟斋

☆朱复融，当代诗词家，独立书评人。著有诗文集《花城寄》等，现任羊城晚报出版社编委、艺术总监。

目　录

contents

二　山川游吟

三　风花雪月

四 触景寄意

五　品味人生

六 碎想随笔

题记

人生就像一场旅行。走过千山万水，饱览四季风光，遭遇悲欢离合，体验世间冷暖。一边再见，一边遇见。充满未知和诱惑的邂逅，总能引发一些深沉的品味与思考。

一 亲情乡感

人生舞台上的每一次竞演，他们是你的亲友团；冲锋挑战中的每一次遇险，他们是你的避风湾；成功奋斗里的每一次收产，他们是你的动力源。感谢身边的爱人，感谢故乡的亲人。感恩有家，感恩有你。

故乡情

有一个地方
叫淮北平原
那是我的故乡
生长着我的童年
那里
天空最湛蓝
大地最温暖
父母是日月
兄妹是靠山
踩着他们
我可以爬上云端
那里有我
随心所欲的闹腾
毫无理由的哭喊

那里还有我
简陋的学堂
儿时的伙伴
清晨袅袅升起的炊烟
生日时稀罕的荷包蛋
……
尽管粗茶淡饭
也许艰苦辛酸
但我从未觉得
一丝委屈
半点可怜
她赐予了我
浓浓的亲情
纯纯的平凡

如今啊
父母都累了
住进了黑白照片

家乡成了故乡
老屋成了客栈
可她在我的心里
依然是
坚实依靠的臂肩
无论近在咫尺
还是远在天边
我愿是只风筝
那里有
永远牵着我的绳线

家的概念

无论春秋还冬夏，
不管贫贱或荣华，
天涯何处为归宿？
母亲在哪哪是家。

登望乡楼

元霄登临望乡楼，
近水遥山放眼收。
晚霞追日随江去，
鸥歌归巢落苇洲。
佳节更尽一杯酒，
别有滋味在心头。
世间若无天涯路，
何来背井思梓愁？

故乡麦季

一望无涯天作际，
风拂平川浪涛起。
舞镰扬铲挥汗雨，
芒种喜收黄金粒。

乡　愁

一汪流光荡苍穹，
思愫疯长漫鼓藤。
无力眺望桑梓地，
乡愁禁囚楼林中。

重阳怀故

岁岁重阳，
今又重阳，
遍地黄花寄悲凉。
父母在，
常探望，
游子归来拜爹娘。

久久思量，
忧伤惆怅，
如今二老去天堂。
屋庐空，
家何方？
秋雁两行泪两行。

卜算子·清明祭奠

人间四月天，
地府是何年？
旷野荒郊飞纸钱，
清香三炷烟。

霏雨透心寒，
春风泣杜鹃。
绵绵哀思墓碑前，
情寄长空雁。

父亲节的思念①

思不断
忆无边
四千日夜恍惚间
常梦他乡见

冷碑前
隔黄泉
八月凄风刺骨寒
历幕浮眼帘

身示范
家教严
诚孝勤俭接承传
父爱大无言

为人善
做官廉
明公正气尘未染
丹心动苍天

一世艰
腰不弯
休将硬骨化灰烟
长留万寿山

注：①父亲1947年参加革命，长期从事基层农村工作，刚正不阿，与农民感情至深，深受百姓爱戴。父亲2006年8月1日与世长辞，长眠在家乡万寿山公墓。

思念母亲

——于2016年9月19日母亲与世长辞之夜

寒秋残月挂西天
独坐妈妈空床前
四周弥漫着熟悉的气息
妈妈的生命却已走远
望着妈妈的照片
万千情愫绕心缠
我想大声呼唤
希盼穿透阴阳传到妈妈耳边
可是妈妈
我怎能忍心惊动您的安眠
往事如烟
思绪翩跹
满满的愧疚
浓浓的思念

任凭泪水在脸颊放肆蔓延
亲爱的妈妈
愿您在天堂幸福安然
不再时刻把儿女挂牵

【附】

哥哥悼念母亲的诗

黑夜
你能否在黎明前静止
再给我一些时间
让我在梦里寻找母亲
雄鸡
你能否再晚些鸣啼
别打断我的思念
母亲容颜就在眼前

您在时
总觉得您的关心有些多余
您的唠叨有些心烦
您走了
方知您的关心是触不可及的奢望
您的唠叨是无与伦比的温暖
母子之情深似海重如山

养育之恩说不尽报不完
愿世间阴阳轮回有来生
百年后家人重聚续情缘

姐姐悼念母亲的诗

再没人渴盼我回家过年
再没人稀罕能和我多待一分一秒的时间
再没人千叮咛万嘱咐我过马路一定小心
再没人……
再没人……

我是个不顺的女儿
心里虽然深深爱着您
可遇事总爱与您争辩
对不起，对不起，对不起
满满的愧疚
深深的思念

我问大地
我问苍天
到哪儿能寻到妈妈
到哪儿能寻到妈妈

妈妈，妈妈

我想再握握您的手
我想再亲亲您的脸
我想再依偎在您的身边

妹妹悼念母亲的诗

七天，妈已走远
叮咛还在耳边
亲切的号码不会再现
入夜，贴着妈的照片入眠
梦里回到从前

七天，妈已走远
怀抱着妈留下的红毛衫
脸埋在其间
还有妈的味道和温暖
您纵千般不舍
任我万声哭喊
今生母女情缘也只有五十三年

七天，妈已走远
若有来生再做母女
只是，您做女儿我做妈
还我今生亏欠

母亲八十三岁诞辰

母亲辞世第十四天，是她八十三岁生日。我想，这也应是母亲在天堂的转世诞辰。

别绪如丝难入眠，
舐恩默数泪潸然。
今值慈母诞辰日，
浅梦依稀接妈还。
阴阳相隔锥心痛，
噬指之情感神天。
冀求人生复轮回，
转世再续母子缘。

寒露

2016年寒露，恰逢母亲三七祭日。倚窗冥思，心绪凄楚。

凭阑悄然送秋光，
冷露萧瑟梧叶黄。
寥廓苍天云断处，
烟水茫，隔阴阳。

疏影暗栖挟寒凉，
谁人提醒添衣裳？
断鸿声里痴守望，
孤风月，万里霜。

采桑子·母亲辞世百日祭

天泣寒雨哀风起，
百日祀祭。
魂牵魄萦，
梦醒但觉悲更戚。

思慈浩叹白云远，
千里叩寄。
冥路茫茫，
唯将音容铸心底。

母亲周年祭

妈妈，今天是你周年祭
望着你的照片
泪海再次决堤
我多想有架云梯
去天堂里看看你
听听你的唠叨
感受家的气息
并深情地说声
妈妈，我爱你

在曾经的岁月里
你总是操心耗力
整天忙忙碌碌
时刻牵东挂西

为了儿女
你乐意任劳任怨
为了儿女
你可以在所不惜
在你的眼里
我们是永远长不大的孩子
在你的心里
我们是你一生不变的主体
你的付出
尽致淋漓
你的索取
不求点滴
你的爱
铺就了我们人生道路
渗透于我们生命轨迹
看着儿女一天天长大
个个有了出息
你时常露出满足的笑意
你挂在嘴边的话
孩子们都很孝顺争气

可我心里清楚
我们爱你
不及你爱我们的十分之一

一曲哀乐
永远定格在去年秋季
你安详地去了
从此再无归期
也许你化作了星辰
一直用深情的目光
把我们守望惦记
今天
我要摘一片彩云
做一束最美的花朵送你
愿妈妈在天堂
没有寂寞痛苦
幸福快乐安息

舐犊之爱

——一张让众人潸然泪下的照片

照片背景：几只猎豹追捕一只母鹿和两个鹿宝宝。以母鹿的奔跑速度可以轻松逃离这场杀戮。但为了让两个宝宝能安全逃脱，她只能无畏地止步，等待着下一秒的粉身碎骨。伟大的母爱，感天地，泣鬼神。

就在
关键的瞬间
为了
掩护儿女脱险
她将
生死置之度外
无畏止步
挺立于群兽中间
目送远方
安全逃离的宝贝
面对下一秒

将被撕成碎片
她心静如水
大义凛然
这就是舐犊之情啊
怎不
泣鬼神
动地天
伟大的母爱
从来无言

兄弟姐妹（二首）

一

同藤分枝同根生，
一声兄妹一世情。
血浓于水血脉连，
心有灵犀心相通。

二

有一种关系来源血脉
有一种亲情无可替代
有一种默契心照不宣
有一种牵挂因你存在

爱与情

爱上你
不需要理由
那只是
瞬息间的感受
猝不及防
直达我的心头

爱着你
不需要借口
那已是
云对雨的守候
形影相随
直到天长地久

鹊桥仙·遇见

时光静美，
岁月如水。
季秋枫红染湄，
片片落叶似蝶飞。
捧一枚，
沏茶半杯。

偶然遇见，
天地做媒。
从此风雨相随，
花光运气爱一回。
淡也醉，
无怨无悔。

爱情的体验

爱情
不是誓海盟山
也非水枯石烂
只有
经历过的人才会懂得
它是
吵不走，骂不散
一种无可救药的喜欢

爱的路途遥远
从激情走向平淡
当你
开始觉察心中人的缺点
可能会因为
失去新鲜而烦躁不安
爱上一个人

不要奢望能将对方改变
并非所有事情都能如愿
接受对方的一切
包容对方的习惯
也许伤痕累累
或许泪流满面
但心中的记忆
依旧是
美美的香甜
满满的温暖
心不摆在嘴上
嘴却藏在心间

慢慢的
相爱成了相守
热恋成了依恋
繁华落尽
细水流年
因为有了因为
所以成了必然

临江仙·看似平凡

热恋追求浪漫，
牵手获取温暖。
爱到深处听无言，
心灵依偎，
但得一份安然。

信任包容深眷，
相伴天长地远。
看似浅易非简单，
守候一生，
平淡却不平凡。

一剪梅·珍情惜缘

一生一世有多远，
时光太瘦，
指缝太宽。
明日匆匆成昨天，
倚身斑驳，
几许痴缠。

多少花零流水间，
回眸顾盼，
红尘客栈。
上苍赐缘情缱绻，
倏地伸手，
偕老相牵。

临江仙·爱与恨

相恋彼此骄傲，
结合没完争吵。
爱情花蕾恁易凋？
郁纠缠绕，
欲罢更心焦。

回首不见伊人，
惦念总会悄悄。
何为自我寻烦恼？
爱有多少，
恨就有多少。

如梦令·深爱

有时不讲道理，
偶尔吃醋猜忌。
耍耍孩子气，
对侬点滴在意。
且惜，
且惜，
那是爱你成疾。

爱情，需要经营

大千世界本就多元
凡事没有绝对完满
爱情也是如此
难免会有遗憾
爱上一个人
赔上眼泪总是难免
只能学会接受
别无招数可选

真正爱情不是一时好感
而是知你所有缺点之后
爱却依然
牵累，是因为在乎
埋怨，是因为喜欢

而我们不应犯的错误
就是给了最亲近的人
最倔犟的脾气
最糟糕的一面
爱的反面不是恨
而是与我无关

信任，是情感根基
包容，是承诺兑现
理解，是心灵交融
浪漫，是保鲜源泉
爱情依靠共同经营
幸福需要彼此成全

浅喜深爱

有一种遇见
是一直的期盼
有一种倾慕
是无言的心欢
相逢的瞬间
一生的眷伴
从此不离不弃
仍觉相见恨晚
日升月落
时光荏苒
相依相惜
爱深喜浅
以心作陪
以情取暖
唯愿岁月静好
夕阳五彩斑斓

鹊桥仙·善待遇见

时光荏苒，
细水流年。
白驹苍狗云烟，
千沟百坎几波澜。
行匆匆，
过眼擦肩。

总有一人，
偕老相牵。
知你冷暖悲欢，
缘分无形情万般。
且珍惜，
善待遇见。

女人心语

希望你懂
需要你宠
喜欢撒娇逞能
那是对你痴诚
七年之痒
三年之痛
期许爱情保鲜
冀你容我任性

情　缘

人海擦肩遇见，
容颜落入心田。
回身执手相牵，
从此一生情缘。

夫妻斗气

盛怒难耐夺门开，
转悠一圈急复来。
不谋伊影四处瞅，
火气早消云天外。

长相思·情与缘

情是情，
缘是缘，
莫怨誓言成谎言，
自古两难全。

情遇聚，
缘尽散，
勿将爱恨伴心田，
彼此送祝愿。

有一种……

有一种缘分，叫不期邂逅
有一种承诺，叫天长地久
有一种默契，叫心有灵犀
有一种融洽，叫意合情投
有一种亲昵，叫卿卿我我
有一种相思，叫两处闲愁
有一种拥有，叫死心塌地
有一种执着，叫为你守候
有一种陪伴，叫不离不弃
有一种恩爱，叫偕老白头

二 山川游吟

走进山河，将身心置于自然，去体会各种繁绪落定的安逸。畅游在青山绿水之中，听鸟鸣，闻花香，独品岁月，悠然前行。

漫游河山

采一缕静好时光，
把心情装进行囊。
邀白云任意遨游，
随流水夷愉吟唱。
观塞北大漠孤烟，
赏江南青石板巷。
飞越黄河览黄山，
攀登长城漂长江。
不叹秋月有几回，
不问春花落何方。
将风雨写成故事，
把岁月奏成乐章。
心灵返璞皆风景，
人间正道是沧桑。

景致

风轻柳柔丝，
雨润荷嫣池。
霜浸染醉叶，
雪暖盖松枝。
日月轮浩瀚，
江山更多姿。
满目皆盛景，
无处不成诗。

采桑子·长江

屋脊冰雪缔源头，
千年奔流，
涛声依旧，
苍龙唤雷啸不休。

扶摇万里亘神州，
砺山带河，
摧枯拉朽，
挽起东海揽春秋。

长 城

蛟龙游弋峰峦中，
俯瞰华夏指碧穹。
穿越千年亘万里，
民族风骨古今同。

黄 河

九曲金涛启远古，
面朝穹汉枕沙土。
灌输桑榆摇棹歌，
哺育万代黄皮肤。

黄　山（二首）

一

清凉梦幻如仙境，
雾散云收岭半空。
石怪尽含千古秀，
春光浸透万年松。

二

风生天籁松涛涌，
紫气东来色朐朦。
薄雾轻纱若虚幻，
奇石隐现云海中。

黄山松①

千峰万壑绝壁中，
送往迎来客情浓。
横眉凌云展劲节，
傲骨从不畏西风。

注：①黄山松是在黄山独特地貌和气候条件下而形成的一种中国特有松种。

万佛湖①

胸襟博远气势雄，
百壑千山锁蛟龙。
万顷浪花谁人种？
江淮儿女唱大风。

注：①万佛湖位于安徽六安境内，湖面50平方公里，是国家首批水利5A级景区。万佛湖水库兴建于国家三年自然灾害时期，它完全是以人工肩挑手推的土法筑成，展现了江淮人民战天斗地的英勇气概，堪列“世界之最”。

采桑子·西递宏村①

溪水环绕峰连绵，
层楼叠院，
千年苍颜，
历史战乱未侵染。

凭栏眺望渡云闲，
浦口归帆，
百里霞烟，
四海宾朋醉桃源。

注：①西递、宏村位于安徽黄山脚下，是皖南民居中最具有代表性的两个古村，被誉为“画中的村庄”。

一剪梅·三河古镇[①]

三河汇聚万户间，
绿雾拂岸，
古木参天。
青石板巷杏花烟，
绮窗翘檐，
姿态万千。

浸透时光展苍颜，
过往沉淀，
似水流年。
钟灵毓秀百世传，
淳朴古典，
诗意缠绵。

注：①三河古镇位于安徽合肥市西南端，是中国历史文化名镇、江南四大古镇之一。

一剪梅·三河暮色

一湾碧水两岸柳，
清风拂袖，
新月如钩。
笼灯初上映茶楼，
庐曲轻奏，
古巷通幽。

闲云逐波静静游，
天地剔透，
时光依旧。
陈年米酒为谁留？
几多温柔，
痴情守候。

醉翁亭[1]

滁山名亭佳木秀，
芳野涧澈径通幽。
醉翁之意不在酒，
欧记苏题赋千秋。

注：①醉翁亭位于安徽滁州琅玡山，名列四大名亭之首，始建于北宋庆历七年（1047），由唐宋八大家中的欧阳修命名、撰写《醉翁亭记》，苏东坡题书牌匾而闻名天下。

登泰山[1]（二首）

一

天门却掩青雾关，
绸带舞空十八盘[2]。
登极一览众岭小，
东岳今天我封禅。

二

山举青山无止休，
天梯鸟道人如豆。
置身已是青云处，
还有青云在上头。

注：①泰山位于山东中部，有“五岳之首”“天下第一山”之称。
②十八盘是登泰山最险要的一段，有1827级石阶，是泰山主要标志之一。

泰山南天门[1]

山门玉宇开，
万里清风来。
鹏鸟盘膝下，
峰峦揽入怀。
俯眸凭崖望，
挥手检东海。
拾级驾瑞云，
豪气九霄外。

注：①南天门位于泰山十八盘顶端，是泰山之巅的门户。

鹊桥仙·崂山[1]

海山相连，
惊涛拍岸。
叠雪浪花接天，
巨壁悬崖掩云间。
众寺庵，
觅圣寻仙。

注：①崂山位于山东青岛市东部，有“海上第一名山”之称，是游山、观海、寻仙三者合一的好去处。

长相思·崂山韵

云缭绕，
雾飘渺，
云绕雾渺锁青霄，
鬼斧神工雕。

山苍涛，
海碧潮，
山涛海潮荡逍遥，
登崂不辞劳。

白云山[1]（三首）

一

肩披云幔着黛茸，
十万生机藏其中。
手摇山峰轻晃动，
抖落花鸟一羊城[2]。

二

信步登山巅，
微风轻掠面。
扯来一片云，
擦去两颊汗。

三

重阳登临摩星岭[3]，
辰斗璀璨媲月明。
蓦感地翻天覆下，
银河灌注五羊城。

注：①白云山位于广州市白云区，为南粤名山之一，自古有“羊城第一秀”之称。
②广州市又称羊城、五羊城。
③摩星岭为广州白云山最高峰。

再登摩星岩①

再度登临摩星岩，
凉亭小憩感逝年。
远眺穗市②红尘罩，
近观时光绕指缠。
谷壑依然白云漫，
天池照旧鱼畅欢。
回眸走过来时路，
曲径如绳捆大山。

注：①广州市白云山最高峰摩星岭又称摩星岩。
②穗市指广州市。

游南京总统府

九天日月移朝暮，
一梦金陵留故府。
物是人非江山换，
英豪数载无觅处。
秦淮多少兴衰事，
王气黯然影迹无。
六朝风华金粉地，
任意游客占京都。

游故宫

麒麟红墙锁紫霄，
王帝将相任民聊。
龙床宝座今犹在，
一缕浮云抹历朝。

南岳上封寺[①]

古刹天飞悬半空，
紫烟袅处盘飞鸿。
香客如蝼朝圣叩，
梵声飘落鸟巢中。

注：①上封寺位于南岳衡山第一峰祝融峰额下，海拔1300多米，建寺距今已有1300多年历史，是现今汉族佛教重点寺院之一。

秋游瘦西湖[1]

季商木叶未谢落，
十里曲堤柳婀娜。
淡香拂面清溢流，
几朵白莲坐秋波。
二十四桥[2]跨时空，
古寺木鱼应弥陀。
纤腰舒袖漾船过，
烟雨浩渺飘棹歌。

注：①瘦西湖位于江苏扬州市城西郊，为国家5A级旅游景区。
②二十四桥为瘦西湖十四大景点之一，是古代桥梁建筑的杰作。

游杭州西湖

绿雾柳烟熏香风，
波光摇翠荷点红。
霞蔚云蒸羞日秀，
山峦环绕色空蒙。
欣睹十景[①]超绝伦，
悦闻百鸟欢啾声。
神驰断桥[②]人仙情，
心醉陶然虚幻中。

注：①十景是指西湖及周边的十处特色风景，俗称“西湖十景”。

②断桥为西湖的著名景点之一，始建于唐朝。民间传说《白蛇传》的故事即发生于此。

下榻西湖宾馆

一色湖光万顷秀，
一堤垂柳万丝柔。
一枕香梦万郁消，
一窗微寒万里秋。

秋登灵隐山①

远眺层林万里秋，
近观钱塘千古流。
谛听森阴百鸟语，
只余仙境一腔幽。

注：①灵隐山位于浙江杭州西湖湖畔。山麓有灵隐寺，为我国佛教名山之一。

到金山①

儿时便闻《白蛇传》，
神话邀我赴金山。
置身江天一览亭，
半是凡心半是仙。

观佛顶寺②

谷应峰鸣天籁音，
警人醒世涤凡心。
九州名刹知多少，
谁与佛顶比年深？

注：①金山位于镇江市区西北部，为国家5A级旅游景区。金山上的主要寺庙金山寺建于东晋时期，至今已有1600多年历史。神话故事《白蛇传》中的“水漫金山寺”使其家喻户晓。

②佛顶寺位于南京市牛首山东峰，始建于南朝初年，是舍利护持僧团的弘法道场。

鹊桥仙·印象腾冲①

七彩西滇，
雨林奇观。
一日横跨四季，
荫阳百米不同天。
翡翠地，
秀水丽山。

古道边关，
国殇墓园。
热海蒸腾千年，
史乘烟云空中漫。
入梦幻，
厚重悠远。

注：①腾冲位于云南滇西边陲，历史上曾是古西南丝绸之路的要冲。有“极边第一城”“文献名邦”“翡翠城”之誉。由于地理位置重要，历代都派重兵驻守。

西江千户苗寨①

一江绕寨碧潺流，
两岸绿烟托吊楼。
三苗②露天博物馆，
四面峦嶂唯春秋。

注：①贵州西江千户苗寨，青山环抱，碧水萦绕，风光秀丽，气候宜人。为中国独有、世界独存的苗族最大的聚居地，距今已有2000多年历史，是保存苗族“原始生态”文化最完美的地方，被称作苗族露天博物馆。②苗族史称“三苗”。

黄果树瀑布①

天弓弹絮半壁花，
仙女飞梭织银纱。
几度回目观不厌，
爱她清白洁无瑕。

注：①黄果树瀑布位于贵州安顺市境内，是世界著名大瀑布之一。瀑布高78米，宽101米。经过历代名人的游历、传播，成为知名景点。

荔波大小七孔①

争湍芊萦百鸟鸣，
万木水上盘石生。
岩飞细瀑晴亦雨，
越尽峰峦一趟平。

注：①荔波大小七孔位于贵州荔波县境内。山水秀美精巧，景致古朴幽静，集洞、林、湖、瀑、石、水多种景观于一体。置身景区之中，如画如梦如幻。

鸭绿江①

一江碧水入海流，
两岸黛山荡轻柔。
飞鸟哪有国界意，
家鸭无凭任闲游。

鸭绿江断桥感赋②

断壁残垣寒浪中，
硝烟飘渺荡回声。
金戈铁马留史迹，
半世惊涛颂雄风。

注：①鸭绿江为中国和朝鲜之间的界河。江中朝方多个岛屿与中国陆地接壤。入海口为双方共用。

②鸭绿江断桥位于辽宁丹东市鸭绿江畔，为鸭绿江上第一座桥。朝鲜战争爆发后，遭美机轰炸，大桥被拦腰炸断，故称“断桥”。为国家重点文物保护单位。

笔架山①

瑶台翰墨海云间，
三嶂薰岚笔架仙。
莫非羲之②打此过，
当年遗落梦兰湾。

注：①笔架山位于辽宁锦州梦兰湾，因形似笔架而得名。面对渤海，风光秀丽，为道教名山胜地。

②羲之指王羲之，东晋时期著名书法家，有“书圣”之称。

乐山大佛①

傍水依山坐千年，
恶风险浪只等闲。
听尽众生虔敬愿，
慈眉善目笑痴顽。

观众生拜乐山大佛有感

山是佛，佛是山，
虔祈佛山天地间。
母是佛，父是山，
孝敬父母逾拜仙。

注：①乐山大佛位于四川乐山市三江汇流处，佛高71米。开凿于唐代开元元年（713），完成于贞元十九年（803），历时约90年。为中国最大的摩崖石刻造像。

兴城望海楼

花舞岸沙嫣若锦，
鸥歌嬉绕泛舟人。
临风听潮声似吼，
凭峭观日色如金。

观孟姜女庙[1]

秦城万里堪雄关，
凤岗渺低亦峻然。
始皇早已无寸土，
贞女流芳九重天。

注：①孟姜女庙又称贞女祠，位于河北山海关城东6公里的望夫石村凤山岗上。孟姜女庙的修建，是民间故事《孟姜女哭长城》的产物。

游大帅府①

青楼人去半世空，
两代风流付江东。
一现昙花如绮梦，
笑谈却在痴迷中。

注：①大帅府即张氏帅府，位于辽宁沈阳市，为张作霖及其长子张学良的官邸和私宅。主要有大、小青楼，西院红楼群及赵四小姐楼等。是东北地区保存最为完好的名人故居。

夏游南昆山[1]

澎湃松竹天有道，
游人如鲫戏青涛。
七月涧溪飞皑雪，
热风穿峡暑气消。

注：①南昆山位于广东惠州市境内，是重点保护的国家森林公园。被誉为“南国避暑天堂”“珠三角后花园”。

踏莎行·梦里江南

雀鸟啾啾，
深院幽幽，
涌泉溪眼叮咚流。
粉墙黛瓦石板巷，
拱桥拂柳乌篷舟。

春雨稠稠，
熏风柔柔，
临窗浅酌屠苏酒。
青衣少女画里行，
桃红映得一抹羞。

农家乐

邻朋招伴郊外游，
绕岭翻坡赵家沟。
摘瓜采果荷塘钓，
葱蒜萝卜随地抠。
众手合作农家菜，
主食烙饼玉米粥。
酒足饭饱兴未尽，
相约下回黄金周。

避暑山庄（二首）

一

炎暑日蒸夏正浓，
山来深处渐葱茏。
苍翠成围石生寒，
寻幽涧谷夹道风。

二

空谷茅庐夏似秋，
日摇竹影引清幽。
苍木翠枝密密护，
高山悬溪淙淙流。

三 风花雪月

寒来暑往，四季轮回，每个季节都呈现着独有的风景和韵味——春的希望、勃发，夏的积蓄、繁荣，秋的成熟、稳重，冬的磨砺、考验。不同季节，不同意义，无不蕴含着人生哲理……

春光静好

水阔天高岸贴云，
山空林静鸟唤人。
无际新颜谁装点，
春风带绿艳日曛。

湖光春夜

碧水涟漪皎月圆，
清风浸润柳丝绵。
花丛深幽窃窃语，
多少故事留湖边。

如梦令·春

身披柔软绿纱，
情将冻土溶化。
精心哺弱小，
慷慨送给盛夏。
伟大！
伟大！
你是万物奶妈。

早　春

阳光悄悄脱寒衣，
蛰虫始振东风起。
鱼陟负冰漾绿波，
大地阒然孕生机。

岭南之春

细雨渺绵和风习，
更添新芽盎生机。
莫道岭南春来早，
其实压根就没离。

西江月·孟春

冰融雪消向暖，
草木绽绿渐繁。
岸柳垂钓一江天，
不知细叶谁剪。

新旧交替节点，
雾缕幽思绊牵。
桃花落泓逐流远，
时光安然清浅。

鹊桥仙·春晓

冰融雪消，
腊尽料峭。
一夜惠风飘飘，
吹散枕边愁多少。
五更晓，
数声啼鸟。

柳芽初翘，
雀筑新巢。
万物复苏悄悄，
只待江山更妖娆。
酬天道，
人勤春早。

春 遣（四首）

一

梦里一宵听雨喧，
熏风一染绿千山。
晨曦一啼云雾散，
推幔一窗艳阳天。

二

淡香漫拂叠翠烟，
啼鸟和畅溪清浅。
万紫千红关不住，
合心打造艳阳天。

三

千山澄碧碧云天，
百壑争流流蜿蜒。
十里繁花花似锦，
一堤翠柳柳如烟。

四

绿雨赋韵花作词，
蜂蝶翩跹织成诗。
欲将心音寄阿谁，
素月沉吟梦侬知。

临江仙·雨水[①]

冰融河开雁归，
煦风迎面柔惠。
云蒸霞蔚天生水，
柳丝含烟，
百卉绽苞蕊。

谁将春色挑醉，
一饷新妆妩媚。
少男少女撩人追，
躲进深翠，
交头吐心扉。

注：①雨水是二十四节气之中的第二个节气。雨水和谷雨、小雪、大雪一样，都是反映降水现象的节气。

如梦令·春雨

如烟似雾飘渺，
轻风弄柳窈窕。
雨柔不知处，
江山蝉翼笼罩。
远眺，
远眺，
水墨丹青奇妙！

临江仙·拾春

漫步乡野埂上，
熏风拂面柔畅。
万物盎然争摩尚。
玉潭微澜，
揉碎了时光。

十里桃花芳香，
蝶舞蜂伴莺唱。
神怡心旷情荡漾。
并非闲逛，
拾回春一筐。

采桑子·烟花三月

拂堤杨柳恍若烟。
流水潺潺，
流云冉冉，
细雨如丝洒花前。

水墨丹青绘江南。
一杯清浅，
一份悠闲，
对弈棋语悟尘缘。

江城子·春夜思

晚霞卸尽夜幕垂，
辰星璀，玉钩媚。
暖逼寒退，
草木吐芳菲。
又是一年春好处，
引入胜，耐寻味。

风花雪月季轮回，
添一岁，减一岁。
四重境界，
无须动喜悲。
世间万物皆成序，
享自然，安顺随。

浣溪沙·春绪

千枝锦簇绽芬芳，
缕缕香魂何处往？
春雨似雾添惆怅。

一池时光微荡漾，
谁知是鸳还是鸯？
朝如青丝暮成霜。

卜算子·春尽

南风送清微，
蛙蝉合声催。
枝头检点退芳菲，
万木绿更肥。

莫为红消悲，
暗香透帘帏。
花开花谢看花归，
教人识是非。

采桑子·叹春

杏花香雨纷潇落，
浩渺烟波，
放逸片刻，
薄情孰怨东风恶。

一枕心绪梦相托，
往事如昨，
少年狂作，
荣枯拂掠皆过客。

如梦令·惜春

明月千年如故，
低眉问春几度。
一夜风雨赴，
已是落红无数。
瞬眸，
瞬眸，
花季谁能留住？

初　夏（二首）

一

绿肥春空日渐长，
蔷薇架下乘清凉。
蛙歌依旧儿时调，
南风熏得草木香。

二

峦断喧嚣抵埃尘，
慷春馈夏草木新。
苇沙蛙鸣夜幽静，
旷野湖静月近人。

卜算子·浅夏

春光万象中，
蝈蛙呼应鸣。
藤蔓轩窗弄清影，
夏日初长成。

芳菲斗紫红，
万物欣向荣。
繁花开尽不曾空，
谷果新味浓。

长相思·夏夜绪

连雨收，
月如钩，
暑降蛙鼓夏夜幽。
绪漫邀故旧。

知淡忘，
懂珍留，
拙笔填词赋春秋。
炎凉皆温柔。

如梦令·夏晨荷塘

艳拂朝霞破晓，
青盘托珠荷俏。
雾柳晨风摇，
惊醒林中蝉鸟。
知了，
知了，
怡情心头缠绕。

夏　夜（回文诗）

行云伴月明
苍穹烁辰星
莺啼隐密林
静夜润清风

荷塘月色（回文诗）

香莲荷塘过风凉
翠叶新柳摇月朗
长声蝉鸣短声蛙
芳草莽流萤闪光

（以上两首回文诗均可从诗的最后一字倒读）

盛　夏（二首）

一

晨阳破土喷热浪，
临水绿荫钓清凉。
潭影浮云何足问，
闲心听鸟唠家常。

二

骄阳焰焰燃青空，
天地一笼万物蒸。
莫道酷暑无情季，
孕孵秋实五谷登。

夏　尾

雨过气润九霄青，
接天碧莲荷映红。
岸柳凉生驱残暑，
风光不与四序同。

立　秋

鸿雁南翔人字排，
时菊枝傲竞相开。
一夜丝雨爽入梦，
叶斓随风送秋来。

秋

秋
清幽
独俊秀
丢却烦忧
可人好季候
轻暑微寒剔透
万类苍天竞自由
品茶饮酒叙旧
长空云舒袖
漫江金流
枫叶羞
温柔
秋

（正反读均可）

秋　声

韵意缤纷觅秋声，
新凉一枕意静容。
春风夏雨滤世尘，
赏叶拾枫鸟歌中。

秋　分

阴阳等分寒暑平，
白露初降雷收声。
清风若水月近人，
大雁南飞已起程。

秋　色

叠翠流金清入骨，
漫江碧透影疏浮。
丹青妙笔至毫巅，
不比秋风随意涂。

秋　暝

山雨初晴入晚秋，
长风万里过沙洲。
北雁南翔巢何处？
幽思一片随江流。

秋味

秋菊黄
秋叶红
秋色微凉透晶莹
秋波最动情

秋风柔
秋夜宁
秋月空照为谁明
秋梦笑无凭

苏幕遮·望月凝

九霄净，
万籁宁。
风摇繁星，
光华洗天青。
娇娥孤栖为谁明？
一帘幽梦，
凡仙两相同。

爱脉脉，
意忡忡。
妩媚多情，
人走她随行。
但愿暮暮桂下逢，
织郎执手，
何介亏与盈。

贺中秋（数字诗）

一叶落知天下秋
二分玉轮弄清柔
三更微寒雁飞高
四海波静云舒袖
五方杂处共此时
六合同风桂花酒
七星伴月水东去
八音迭奏醉心洲

中秋夜（二首）

一

轻暑微寒爽个秋，
天高月朗夜清幽。
嫦娥今设瑶池宴，
邀我对饮桂花酒。

二

银汉皎月罩雾帐，
旷原轻拂野菊香。
更深推幔清幕望，
似有雁声送秋凉。

秋日荷塘

秋阳西沉映荷池，
叶萎花谢感岁知。
愿君多采泥淤藕，
藏我心中无数丝。

秋　野

雁鸣秋已深，
静野返初心。
逸致会高风，
倾听世外音。

西江月·秋夜

岸柳姿柔荫浓，
紫薇百般燃情。
镜湖蛙鼓起伏鸣，
更显夜幽人静。

天光水色澄映，
月窥丛掩廓影。
何畏衣单袭秋风，
你我身心相融。

西江月·静秋

窗外落叶无声，
室内时光幽静。
忙碌折腾大半生，
终得驻足安宁。

生活千情万种，
浅笑淡定从容。
收起抱怨与不平，
畅享四季风景。

秋正浓

又是一年秋意浓，
野垌满目醉人红。
玉宇净洁无边际，
清江碧透画里行。
琼玉皓月凝盛景，
吐华结实沐香风。
鸿雁南迁怨幽远，
祥云紫气贯九重。

江城子·秋怀

风牵清袖入秋来，
丹桂开，玉兰白。
轻暑微寒，
雁鸣云天外。
漫道流光催人老，
两鬓衰，孰何奈？

叶凋无声飘尘埃，
熟与败，难释怀。
曾几何时，
不甘逍遥派。
零落多少花间事，
换怡然，偶澎湃。

长相思·七夕夜

月朦胧，
夜朦胧，
巫山云雨意情浓，
凡仙乐融镕。

花儿红，
脸儿红，
鱼蛙不忍捉秋虫，
恐扰镜芳丛。

西江月·七夕

暮雨轻叩纱窗，
不知是凄是凉。
厚云遮掩秋月朗，
隔断织女牛郎。

尘世百转柔肠，
心筝抚慰忧伤。
多少西楼恨绵长，
无影梦中相望。

七夕怀

天堑横断烟雨遥，
魂牵梦萦待今宵。
倘若银河断湍流，
何须众鸟搭鹊桥？

珠江秋暮

斜倚堤栏陶微寒，
华灯初上夜斑斓。
游艇驶过笙歌婉，
荡漾波光色若胭。
遥望余晖天际处，
长风万里送鸿雁。
满目秋肥叶未凋，
诗心几片落江边。

秋 思

古月今花物照旧，
星移斗转又一秋。
追思去日人与事，
多少欣欢与悲愁。

秋老虎

夏日未瘦秋添膘，
骄阳西沉威未消。
是谁惹怒神灶爷？
炭火一炉照天烧。

深　秋

霜天烂漫云舒袖，
叶落无声又一秋。
飘逸曳摇托沉重，
神清气爽淡郁忧。
叹嗟顾惜风光别，
恒古约定岂挽留？
对酌往事一杯酒，
无悔峥嵘岁月稠。

卜算子·感秋

伏过菊花黄，
金素送清凉。
丹枫宜人波荡漾，
气朗心舒畅。

莫道桑榆晚，
彩霞醉夕阳。
倾觞冲净烦忧事，
天久日月长。

爽　秋（回文诗）

秋深洁净澈透
云淡天高风柔
柳丝映倒平湖
幽林啼鸟啾啾

残　秋（回文诗）

飞花残叶落深秋
穹苍鸣雁夜幽幽
萎草酷风寒露白
灰天漫雾罩绪愁

（以上两首回文诗，均可从诗的最后一字倒读）

江城子·秋绪

凋谢匆匆成过往，
秋临窗，叶纷扬。
一帘心事，
堆摞小书房。
笔墨饱蘸落花香，
索佳句，赋新章。

满目萧瑟风渐凉，
似迷惘，动情肠。
岁月斑驳，
等瘦了时光。
转瞬韶华鬓染霜，
是成熟？是沧桑？

踏莎行·听秋

流年静安，
一季温软，
绵绵细雨渺如烟。
叶落无声轻似梦，
脱离喧嚣渐悠远。

浓了思念，
淡了哀怨，
繁华殆尽情依然。
不论今生还轮回，
心湖长天素如简。

西江月·冬之情

身披洁白纱幔，
慰抚落寂山川。
不忍严寒肆人间，
北风呜咽爱怜。

枝条裸露肝胆，
萧瑟摇曳情感。
六合精华胀弓弦，
奏唤五彩春天。

鹊桥仙·冬之韵

北风粗犷，
猎猎作响。
枯松剑刺穹苍，
傲梅如血正怒放。
雁高翔，
万里冰霜。

崇山峻岭，
毫无遮挡。
推窗寻句眺望，
一缕暖阳映书房。
情飞扬，
遥见春光。

立　冬

月隐寒纱木叶枯，
西风渐作北风呼。
浮华落尽归平淡，
蓄锐养精离世俗。
万物收藏天地旷，
安恬静谧呈简朴。
未尝浓秋已冬临，
悉数执著皆幻无。

忆江南·冬至

入隆冬，
千里皆冰封。
天色朦胧雪花轻，
山河富丽玉妆成。
松梅傲苍穹。

情谊浓，
樽中酒不空。
莫道岁余太严凝，
昼短夜长阳气生。
九尽百花丛。

小 寒

隆冬序幕拉，
冰雪玉千家。
梅萼点新妆，
客来酒作茶。

卜算子·大寒

岁暮严风吹，
终章始轮回。
最是一载寒极尽，
游子匆匆归。

年味习俗显，
祭灶扫尘灰。
飞雪梦蝶递意暖，
牵春何须媒。

一剪梅·江南雪

雪随寒冬到江南，
零零落落，轻轻绵绵。
一派茫茫势浩然，
形态万千，飞翔盘旋。

清凉抚慰散花前，
晶莹剔透，涤净尘凡。
静听片片絮呢喃，
几多含蓄，沁润心田。

江城子·冬夜

北风呼啸冬夜寒，
路灯暗，枯枝残。
陈年旧事，
依稀在眼前。
长空万里云翻卷，
思如潮，绪无边。

豪情壮志成昨天，
棱磨平，回自然。
径曲坷坎，
句号终画圆。
不觉青丝两鬓斑，
仰苍天，无悔憾。

鹊桥仙·腊月

踏雪挂霜，
原野空旷。
一剪梅花绽放，
沁人心脾溢清香。
冻土下，
悄酿春光。

江南塞北，
欢悦流淌。
年味烹浓火旺，
拱手寒暄道吉祥。
虔祈盼，
民安国强。

雪　晴

万顷皑皑铺琼田，
银枝摇日洒沈寒。
换尽天涯成一色，
雪晴苍空更湛蓝。

岭南之冬

已经岁末数九天，
蝶恋梅花舞翩跹。
青山绿水无寒意，
煦煦南风关不严。

苏幕遮·除夕

数九寒，景象暖，
万炮齐欢。
望神州方圆，
五彩缤纷炫斑斓。
今宵无眠，
何须总动员。

寻旧梦，绘新颜，
祝福漫天。
飞雪似蝶舞，
已将春事堆成山。
献岁钟鸣，
举杯齐嚣喧。

苏幕遮·年

来隆重，去悄然，
又是一年。
骨感渐丰满，
迎来春色送冬寒。
努力执着，
起航再扬帆。

积记忆，苍容颜，
时光荏苒。
赏四季美景，
感恩生活惜遇见。
人生短暂，
成熟是看淡。

元宵夜

今夜狂欢闹上元，
汤圆熏染东风甜。
天宇捧托月一轮，
人间辉映灯万盏。

残冬暮雪

白雪嫌春步履缓，
飞花穿树落庭前。
温情不顾沁入土，
唤醒百花绽人间。

如梦令·冬春交接

雪花飞舞漫天，
铺就白纸一片。
东风蘸斑斓，
任意涂抹江山。
惊叹！
惊叹！
人间瞬息璀璨。

四 触景寄意

景随情至，情由景生。生活中，往往不经意间心灵触碰了某一景物按钮，总会引发一些任意的念想翻飞。

辽沈战役立体音像馆观感

滚滚风烟炮声隆，
身临其境浴血中。
疮痍满目空飘絮，
失子失夫失父兄。
阵亡百万皆同胞，
白骨堆出江山红。
但愿历史不复演，
更无后人愧英灵。

苏幕遮·逆行

——一张催人泪下的“逆行”照片

照片背景：记者摄于九寨沟地震深灾区。时值几千名官兵日夜奋不顾身在救援一线，每一个参与救援者都是最美的“逆行者”。

山河崩，埃九重。
血肉之躯，
顷掩瓦砾中。
满目疮痍撕心痛，
顿足捶胸，
遍野呜哀鸿。

天缺补，地裂缝。
何惧狰狞，
迷彩负神圣。
众生奔逃我逆行，
奋不顾命，
人民子弟兵。

感两鹅吻别照

照片背景：两只一起长大的鹅，一只被人用蛇皮袋捆在摩托车后车架上即将远行，另一只追来伸长脖颈，喙吻在从车架上垂下头的鹅喙上。两鹅表情伤感，流露着浓浓的不舍之情。

此去阳关两茫茫，
诀别生死欲断肠。
深情一吻泣鬼神，
引颈苍宇恸离殇。
曾几形影戏清波，
从今孤身熬斜阳。
但愿世间人长久，
不复禽界鹅悲凉。

江城子·老照片

万籁俱寂夜珊阑，
风月残，人未眠。
鸠鸟咕咕，
声声绊心弦。
翻阅泛黄定格间，
来时路，清晰见。

青涩相视悯苍颜，
单程票，去无还。
素锦华年，
依稀在眼前。
过往轻轻抚一遍，
含泪笑，五味全。

珠海航展

挥舞彩虹白云间，
万里长空任滚翻。
悟空自叹功夫浅，
借问南天哪路仙？

又到南国木棉红

独操春光气势雄，
如血号角仰天鸣。
唤回烽火燃芳华[①]，
片片丹心照史乘。

注：①1979年祖国西南边陲爆发那场腥风血雨的战争时，正是南国木棉花开时节。

与复融先生夜饮[1]

一壶杏花村，
酒醇情更真。
知音千杯少，
互敬同趣人。

读复融先生诗词有感

起凤腾蛟语惊涛，
云霞满纸君任描。
情文相生胸万卷，
颖慧直泻凝锋毫。

注：①朱复融，当代著名诗词家，著有诗词集《花城寄》等多部，与其因诗结缘。

赏家兄摄影作品

潜心痴醉研光影，
慧目猎奇风土情。
技艺交会无止境，
留得瞬间化永恒。

如梦令·湖畔摄影师

芦苇香蒲荷花，
青蛙白鹭野鸭。
撅腚头朝下，
哪管姿势欠雅。
咔嚓，
咔嚓，
捕捉瞬息最佳。

斐然筝艺①

气如幽兰娴雅座，
纤手玉指泛春波。
天籁之音余绕梁，
高山流水应相和。

抛绣球

绣球一掷择君郎，
楼下少男正欲狂。
倘若抢得浪子手，
此生岂不太冤枉？

注：①为好友益勤女士获广东省“敦煌杯”古筝大赛一等奖贺赋。

鹊桥仙·纤夫

激流险滩，
弓身蹒跚，
脚下坎坷艰难。
一壶浊酒壮力胆，
背乡井，
多少辛酸。

搏击命运，
拔河山川，
拖动历史航船。
朝阳号出月拉弯，
年复年，
远古续延。

长相思·江南女子

气若兰，
步轻绵，
青花瓷罗油纸伞，
桃芳羞玉颜。

香雾漫，
乌篷船，
怀抱琵琶半遮面，
清韵觅君缘。

拾荒老人

满面沧桑腰背弯，
衣衫褴褛目木然。
嶙峋双手似枯柴，
负重缓行步蹒跚。
苦汗滴湿脚下路，
残羹冷饭熬余年。
何时拥有清享日，
浊酒一壶伴入眠。

山　居（三首）

一

松韵茅舍半山崖，
洌泉枯薪煮淡茶。
浅吟独对峰头月，
推窗划破一天霞。

二

幽深有径通冈梁，
香蔓紫藤掩门窗。
品尝松韵千古味，
坐对海天饮清爽。
不与尘世争荣华，
枕眠祥云醉梦乡。
莫笑山人茅舍小，
千峰万仞作围墙。

三

云庭柴门半峭崖，
鹤舞之处有人家。
绕篱垂枝绿桔挂，
石壁缀满豌豆花。
采摘野果酿甘醇，
漫捡枯薪煮淡茶。
心远自无车马喧，
不随尘事度年华。

春雨漫步

清晨
我撑着一把小伞
在早春的细雨中漫步
湿漉漉的马路像条河
闪跳着璀璨明珠
嗅着空气里淡淡的清新
听着雨滴敲打绿叶的音符
远处黛色的群山
若隐若现
似有似无

弄不清
是雨恋上了烟的缠绵
还是烟舍不下雨的情愫
淅淅沥沥
含含糊糊

辨不出
是春姑娘多愁善感的心事
还是雨中人胸底凄楚的孤独
滴滴嗒嗒
像雨像雾

一缕微风吹抚
摇曳轻歌曼舞
万物皆剩轮廓
不知身在何处
旖旎于水墨画轴
酣醉了念想
忘却了归途

小溪边

闲暇时
我喜欢待在小溪边
倾听水流潺潺
寓目蜿蜒舒卷
感受超脱平凡的宁静
陶醉澄澈浅底的斑斓
采一枝花语
揽一处悠闲
润一份心境
吟一首清远
多少尘事烦忧
遗忘山水之间
快乐如影如形
安然隐约自显

江城子·人雀情

庭前树丫筑巢窝，
鸟审慎，见人躲。
随撒谷粒，
窥观疾速啄。
爱心慈待日复舍，
院罗雀，成常客。

闭门外出鸟失乐，
挠首望，天地索。
归来啭迎，
嬉戏掌中落。
处人岂不如此理？
善厚和，朋友多。

蝴蝶颂

你是会飞的花朵
飞过原野
飞过山坡
飞过溪流潺潺的小河
海角天涯
荒芜沙漠
只要有你飞过
山河就会着上绚艳的春色

你是美丽的传说
雯姑霞郎
英台山伯
逾越红尘滚滚的超脱
爱情象征
忠贞楷模
是以古今流芳
人类向往至善至美的讴歌

苏幕遮·夜宿农庄

偏桥边，茅亭前，
夜幕斑斓，
香熏伴微寒。
一塘碎月摇泊船，
山峦隐现，
恬淡贯田原。

心曲泛，诗意漫，
旧梦陈烟，
低吟对高天。
摆脱喧嚣寻清欢，
半壶老酒，
微醉好入眠。

梦境

虚渺漫轻烟，
昼宵难判辨。
时光可倒流，
物景皆昏然。
今昔人和事，
悲喜转瞬间。
不知身所在，
今日是何年？

题钟馗图

手握驱魔斩鬼剑，
横髯正气冲霄汉。
人间苟得安谧日，
但望不是一厢愿。

回南天①

冷暖衡峙烟雨稠，
弥漫纱溉人心揪。
纵使南岭千般美，
阳春不来做雾囚。

注：①回南天是指我国南方地区每年阳春时节，气温回暖湿气回升的天气现象。

酬端阳

千树榴杪火裙妆，
千家艾符飘粽香。
千舟竞渡汨水河，
千古忠魂世流芳。

腊八粥

天酬人间腊月八，
一碗乡愁五谷杂。
平淡烟火煮温情，
清欢醉绽迎春花。

白　云

万象漫青空，
卷舒驾远风。
但得能为雨，
原自一身轻。

夕　阳

溶金云霞醉碧空，
激情殆尽意未穷。
墨客喜赋黄昏颂，
何景胜过夕阳红？

山顶品茗

涤荡风尘雾云开，
层峦叠嶂膝下排。
一壶紫砂沏山河，
明月会晤先我来。

题香客

众生善恶匿灵魂，
假者自假真自真。
倘揣感恩慈悲念，
何须禅寺拜阿门。

卜算子·松

傲雪青如熏，
千古长寿身。
屹立悬崖刺云汉，
不改四时春。

风尘刻苍劲，
严寒铸精神。
铁骨柔情守英魂，
浩气贯乾坤。

卜算子·竹

破岩幼品高，
蜂蝶不招撩。
虚怀劲节傲冰霜，
何惧风雨摇。

倩影筛日月，
寒夜媚春宵。
诗情画意赞不绝，
托出郑板桥①。

注：①郑板桥，清代具有代表性的文人画家，尤擅长画竹，代表作有《墨竹图题诗》等。

卜算子·梅

横天铁铸枝，
冰封点点赤。
暗香浮动韵疏影，
本色唤春日。

清极寒何奈，
无叶也风姿。
不争彩头更俏艳，
醉倒千家诗。

临江仙·小草

遍布荒野皇都，
真实平静纯朴。
餐风饮露甘瘠土，
生命色彩，我来春随步。

无畏鄙视欺辱，
不乞关顾慰抚。
野火燃尽照复苏，
从古到今，何势能慑服？

野　花

守固荒郊不寂宁，
风捎音信雨送情。
陶望蓝天云轻舞，
醉听百鸟婉唱声。
自开自赏乐不疲，
不与尘世起纷争。
冬来瑞雪罩入眠，
春醒依然绽嫣红。

槐花赋[①]

五月飞雪满城香，
千枝嘟噜玉耳铛。
不依浓妆争国色，
凭借淡雅傲众芳。
而今谁解槐花赋，
犹记春荒作宝粮。
触景生情又童年，
清风月下梦返乡。

注：①五月到辽宁海滨古城兴城疗养，正逢满城槐花飘香，不禁勾起儿时记忆，颇有感触。

桂花吟（三首）

一

天赐幽花郁香馥，
素娥青女久念慕。
月殿幸有闲置地，
凡间遥移种几株。

二

叶密花繁四时开，
山南海北任意栽。
从自移植广寒宫，
幽香飘到天际外。

三

宛似繁星不施娇，
四时绽放叶不凋。
若非嫦娥掷人间，
怎会香馥云际飘？

篱　菊

孤芳耐风尘，
姿色乱素心。
平生傲霜骨，
甘愿篱下身。

荔枝赋

一品珍果出岭南，
一枝绛袍裹晶丸。
一骑尘土惊血溅，
一笑红颜贡长安。

咏杨梅

青枝茸珠鹤顶丹，
饴蜜奇处透微酸。
倘如贵妃知此味，
怎有荔果博红颜？

咏 柳

垂首谦逊万丝绦，
无端河边秀态摇。
楚馆饿腰羞类比，
婀娜温顺不风骚。

咏 叶

春托群芳展璀璨，
夏挡烈日爽人间。
秋妆万木梦斑斓，
冬化沃泥培骋妍。

秋　叶

漫山秋叶漫山诗，
含泪惜别有几知。
多少隐衷随风去，
但留一片寄相思。

落　叶

落叶随风飘，
过程自逍遥。
归根寻完满，
何须惜树梢？

无名花

春风积虑着色彩，
斟露清樽享悠哉。
粉黛何愁为谁开，
花香自有蝶羽来。

咏油菜花

梅品松骨傲雪霜，
春波涌出皇家黄。
却非闲花野风流，
待到英谢籽喷香。

赞白云山辛夷花

娇嫩得体淑静雅，
粉胭欲滴羞红霞。
一朵缀映云山醉，
此花美成不像话。

长相思·牵牛花

生农家，
绕篱笆，
青春藤蔓奋力爬，
并非慕高华。

凭风吹，
任雨打，
跃出寒门不自大，
牵牛邀百花。

残　荷（二首）

一

曾经擎天碧无穷，
出沼不与众类同。
西风摇芳魂潜梦，
笠年依旧别样红。

二

凛风冽素冬，
固守寒潭中。
萎妆裹洁身，
芳心蓄瘦容。
不再无穷碧，
少了别样红。
娇姿何处现，
来年自香清。

辣椒吟（二首）

一

枝墨叶绿老来红，
外柔内刚情义浓。
英气自古伴俊杰，
一生辛辣任君评。

二

碧玉妆成二尺高，
缤纷丽质小蛮腰。
倾情惧何刀火淬，
试与湘女比多娇。

赞芳踪古树茶[1]（二首）

一

千年神韵郁洌醇，
百味人生集一樽。
颊齿留香任想像，
芳踪金叶堪绝伦。

二

寻梦险途入丹霞，
背箩穿越遴嫩芽。
一盏茗饮满静轩，
焉知芳踪自天涯。

注：①长沙朋友陈芳，不久前开设一家“芳踪古树茶”社，取材于云南深山千年古树，纯天然，无污染，香甜四溢，浓郁霸气。茶客赞不绝口。分社迅速扩展至诸多城市。

红　豆

羞涩别透暗秋波，
春来庭前种几颗。
待到秋日满树火，
送侬相思一筐箩。

骆　驼

风餐露宿沙封喉，
望断天涯无尽头。
负重直前默诚恪，
茫茫漠海蹄作舟。

咏　鹅

与鸟相伴非鸟人，
玉装朱靴圣洁身。
挺胸昂首天地间，
引颈高歌振乾坤。

咏　鸭

憨态摆摇踱步轻，
污泥浊水洁身行。
莫嘲我辈影颠簸，
世道由来几处平？

咏　蜂

穿返花簇锦团间，
毕生未得半日闲。
博采群芳酿蜜饯，
不辞辛苦为谁甜？

鸟　窝

高见枝头筑巢园，
飘摇风雨也煦暖。
茹苦含辛哺幼雏，
一朝翼满冲云天。

月花思

古月清泪满地流，
今花含怡自悠柔。
月叹人间花付梦，
花嘲天上月多愁。

花蝶恋

翩然起舞轻似烟，
坠粉销魂花丛间。
春宵一季俗世过，
浮命愁情千年缘。

海　泳

海天一色浪逐高，
礁屿俯昂嬉弄潮。
身世肯随波起伏，
人生苦短尽逍遥。

荷塘秋月夜

曾几荷塘花海醉，
轻舟短棹回潮尾。
亭台顾盼销魂处，
秋月照人凉若水。

巅　狂

天苍苍，野茫茫，
风吹草地无牛羊，
又砌一堵墙。
尘滚滚，霾扬扬，
侵耕占林造楼房，
何处种棉粮？
悲楚楚，忧惶惶，
人类面临存与亡，
奈何喊爹娘！

深山古刹

清水青山轻岚烟，
梵音凡唱泛谷巅。
摇签遥渺瑶祷愿，
净土静心敬神仙。

致失恋者

天上媚月月每残，
人间痴情情随缘。
自古爱恋多遗憾，
莫言誓言成谎言。

长相思·乡村骤雨前

暴风喧，
紫光闪，
墨云翻腾一天山，
枯叶漫空旋。

幼惊哭，
狗狂欢，
媪妇唤鸡羊咩喊，
噼啪起狼烟。

如梦令·喜雨

自驾一路风尘，
归来大雨倾盆。
车污天助洗，
无须费力劳神。
阿门！
阿门！
夫人夸我人勤。

马路晚色（打油诗）

黄昏立交观市容，
俯视马路俩火龙。
相向蠕动不越界，
左条白来右条红。

小　趣（打油诗）

几碟小菜一壶酒，
脚边坐立一条狗。
我在埋头咂美味，
它在等待啃骨头。

五 品味人生

我们曾如此渴望命运的波澜，然而到最后才发现，人生最曼妙的风景，竟是内心的淡定与从容。

人生如棋

人生如棋我为卒，
方寸之地跳不出。
千变万化无定盘，
局中纵横风云路。
利弊三思抉取舍，
落子无悔大丈夫。
平常心态随缘进，
赢有风度输有骨。

西江月·荏苒岁月

天地斗转星移，
时光悄无声息。
曾经激情追华丽，
几何疯狂痴迷。

过往沉淀记忆，
沿途边走边弃。
洗尽铅华透清晰，
人生沧桑一笔。

长相思·修心

思想思，
做想做，
把握舍得寻适合，
素简替烦琐。

能醒来，
能睡着，
淡淡人生静静过，
心安自快活。

一剪梅·成曾经

昨天如水逝不返，
日夜更换，
瞬间一年。
欣赏拥有惜当前，
不恋灿烂，
健忘遗憾。

心态不平胸愤懑，
无谓之烦，
自我作践。
知足常惬即完满，
豁达随缘，
从容乐观。

苏幕遮·岁月感怀

山一程，水一滩，
潮落浪远。
四季轮回转，
大千世界饱悲欢。
穹顶之下，
日月忽明暗。

虽平淡，却安然，
无愧遇见。
逝者如斯夫，
初心性情未曾变。
尘凡纷乱，
凭栏观波澜。

卜算子·偶感

频闻故人去，
但见少儿生。
白发钻出拔不胜，
恍然匆年轻。

晨钟追梦想，
暮鼓随平庸。
青春烈酒酿清茗，
醉醒乃人生。

鹊桥仙·人生

生命过往，
起伏跌宕。
经历风雨雪霜，
苦辣酸甜绎炎凉。
回眸望，
红尘千丈。

山河无疆，
汉霄苍茫。
几抹繁华哀伤，
岁月之巅豁开朗。
静思量，
一场虚妄。

西江月·感怀

曾经越走越远，
未来越来越短。
千帆历尽淡暑寒，
闲事难动悲欢。

勿须只争朝夕，
不奉达官神仙。
喧嚣尘寰梦安然，
入巅眼界自宽。

长相思·释然

梳历程，
宛如梦。
追逐功名苦一生，
回首万事空。

神从容，
心宁静。
光彩黯然皆曾经，
看轻胜看清。

卜算子·透迤人生

人生天地间，
路路九曲湾。
行至途穷向茫然，
柳暗现阑珊。

苦辣酸甜咸，
懦弱谁人怜？
一道风景一道关，
顺遇心自安。

鹊桥仙·长河人生

江河不断，
汹涌平缓。
无视局境变迁，
唯一主题是向前。
遇壁岩，
懂得绕弯。

人生路漫，
苦辣酸甜。
时代不怜愁脸，
仅有选择为登攀。
遭挫折，
学会释然。

临江仙·岁月发现

生活没有模板，
时光推着向前。
今夕不知明朝事，
岁月如水，
趟过知深浅。

利弊总是相伴，
世事顺其自然。
难得知足知足难，
嫁给快乐，
毋庸求圆满。

江城子·历史长河

古往今来从头看，
几千年，堪巨卷。
天地浩瀚，
感慨沧桑变。
江山代有豪杰出，
挽狂澜，瞬璀璨。

时有车轮也倒转，
金沉底，粪浮滥。
历史皱纹，
美在哭笑现。
官场秘史谁人判？
成故事，唯乾鉴。

风雨人生

人生如梦
岁月无情
时光
斑驳了多少曾经
风和日丽
电闪雷鸣
坦途顺遂
坎坷困境
乐极萌悲哀
痛尽获新生
与其
喋喋不休
不如
从容 淡定
接受 放空

采桑子·随缘

尘世纷繁多变迁，
过往流年，
曲直深浅，
谁人总扬顺风帆？

做事清醒做人憨，
积累沉淀，
淡然乐观，
无力左右便随缘。

感　触（二首）

一

初眸纯澈溢畅想，
世事回首尽沧桑。
起点终点连一起，
人生谛观刹豁朗。

二

世态本然多炎凉，
你方唱罢我上场。
纵使居显莫气傲，
明天不知谁辉煌。

走进知命

走进知命之年
不再自大狂妄
生命的积淀与厚重
让胸怀变得宽广

慢慢才明白
人生并非都能辉煌
成功与失败
取决奋斗与机遇的碰撞

慢慢才知晓
世道不是黑白明朗
在两者之间
混杂着难以分辨的迷惘

慢慢才了然
那句谚语如此敞亮
上天让谁灭亡
总是先让他膨胀

慢慢才察觉
漆黑并不代表沮丧
暗透了的天空
更能看见璀璨的星晃

慢慢才悟出
大道至简道在心态平常
平和之心看世界
花开花谢皆风光

鹊桥仙·岁月

时光恬静，
岁月峥嵘。
闲云潭影匆匆，
万物摇曳红尘中。
顾历程，
春夏秋冬。

功禄利名，
冷暖人情。
多少无奈不平，
勿将遗憾伴终生。
存善念，
且惜且行。

一剪梅·凡简人生

人生长河逐逝波，
活法很多，
摆脱困惑。
踏着烦琐拾快乐，
只要适合，
随性抉择。

惊世骇俗屈指数，
愉悦千金，
平淡生活。
心若不动风奈何？
光明磊落，
不拜弥陀。

岁月咏叹

岁月波澜，
风声水喧。
年少哪知世事艰，
踌躇满志气如山。

流光焕然，
叶落霜寒。
回首背影已走远，
苦汗酿得烈酒酣。

西江月·过往

走过繁花似锦，
承恩雨露滋润。
几何沙场马蹄奔，
不枉硝烟红尘。

转瞬落日黄昏，
明月依旧那轮。
过往风干成标本，
隐约一缕清音。

临江仙·回眸

时势纷扰境迁，
心历千回百转。
脚步艰辛却简单。
积土成山，
风雨未兴焉。

卑微清直寒酸，
怎抵关山路远？
颓废似乎成必然。
抖落风尘，
欣免陷沙滩。

踏莎行·退隐

柳青烟岚，
心素情简，
恩怨泯灭爱恨浅。
东边太阳西边雨，
有晴无晴只等闲。

水火交缠，
天高路远，
把酒对饮花月间。
快意江湖两相忘，
静坐滨岸看千帆。

采桑子·简淡纷繁

推开岁月窗一扇，
顾盼纷繁，
时光无言，
你若安好便晴天。

面阳而行少阴暗，
空谷幽兰，
顺势随缘，
红尘尽头是终点。

品 茶

一壶波澜壮阔，
浸煮浮沉颠簸。
浓浓芳香，
淡淡苦涩。

茶浓高朋满座，
茶淡门庭静寞。
云卷云舒。
潮起潮落。

轮回的对视

一个坐童车，
一个坐轮椅。
一个是羡慕，
一个是好奇。
你终会是我，
我曾也是你。
人生一轮回，
且行且珍惜。

过　客（二首）

一

人生如河驶千帆，
莫问今宵是何年。
一段流程船作店，
匆匆过客店为船。

二

人生不过近百秋，
何必常怀千年忧。
安守一颗平常心，
淡看尘世车水流。

踏莎行·释怀

三千繁华，
弹指刹那，
百年终将一捧沙。
简单明约随缘进，
净心如莲素淡雅。

尘封过去，
坦然脚下，
不忧前后少牵挂。
从容迎对无常事，
人生最美是潇洒。

感　悟（三首）

一

人生若寄应尽悦，
何必心网千千结。
时光飞逝难挽留，
朝看青丝暮成雪。
花间斟酌一壶酒，
觥筹交错对皓月。
众人皆醒我独醉，
酣卧桃源影不斜。

二

人朝高端不胜寒，
水往低处纳百川。
随波逐浪不逐流，
明静淡泊以致远。

三

几度沧桑淡暑寒，
难能闲事动悲欢。
欲问逸情何处寄，
半轮皓月挂松间。

品味人生（二首）

一

才闻鹂鸟鸣翠柳，
又见篱菊绽枝头。
韶华如水心未老，
春宵一梦鬓先秋。

二

人生犹若一本书，
页页斑斓任君读。
风花雪月念得懂，
沧海桑田走不出。

六 碎想随笔

时间空间，无影无形，虚无飘渺。它只存在于人们的意识里。虚空中交替着人世间意味深长的喜怒哀乐。

江城子·大自界

宇宙无疆日月晃，
山巍峨，水荡漾。
色空轮回，
四季皆风光。
乾坤有序斗导航，
昼夜替，合阴阳。

风霜雨雪孕沃壤，
生态谐，柔克刚。
盘古洪荒，
何量能抵挡？
改天换地太猖狂，
敬自然，顺安祥。

江城子·冷夜思

几度风雨几春秋，
何贪求，逝难留。
人生如梦，
峥嵘岁月愁。
转瞬一年又尽头，
北风嗖，月如钩。

今宵漫漫思良久，
绪无际，信天游。
安常守旧，
无喜亦无忧。
冰封江河水暗流，
唯梦里，雄赳赳。

虞美人·记忆

落叶随风飘满地，
已是深秋季。
哼着老歌拾记忆，
过往迷离，
无端又勾起。

艰涩苦楚裹甜蜜，
笑颜溢泪滴。
岁月冲洗更清晰，
压在箱底，
密码藏心里。

卜算子·悠闲

槛花笼鹤间，
复得归自然。
怡情闲赋享清欢，
似乎一丝酸。

户庭少尘喧，
心静居自偏。
宵酣梦醒日三竿，
知足不羡仙。

偶 感

我闲别人忙，
偶尔也彷徨。
提神一壶茶，
学步吟诗行。
瓜小比芝麻，
不为浮名狂。
欣慰躯爽健，
倒头入黄粱。

卜算子·逍遥

困了就睡觉，
醒了就微笑。
生活自己放调料，
简单少烦懊。

恶会有恶果，
善会有善报。
平生不做皱眉事，
风雨也逍遥。

采桑子·咏水

善利万物而不争，
微则无声，
巨则汹涌。
接纳百川涵包容。

冲污刷垢涤尘蒙，
刚柔品性，
守持公平，
载舟覆舟送舟行。

庆贺中国空军生日

振羽云鸿借势起，
长空寥廓任搏击。
搅动星河洗九天，
丹心穹瀚写传奇。

痛悼歼10女飞行员余旭

天妒凤凰折浩穹，
九州失女放悲声。
挥持彩虹当空舞，
英姿格定玉宇中。

情与缘

天涯海角觅知音，
天盟海誓爱挚真。
天情海泪惜缘尽，
天南海北梦里人。

爱情之酒

独者孤酌乃涩苦，
两人对抿为甘露。
三方争呷味酸楚，
四处烂饮必中毒。

鹜蚌相争（藏头诗）

鹜远池高气嚣张，
蚌螺怀珠暗自狂。
相时度力互不让，
争拗终局两俱伤。

消暑一招

炎阳炙人夏日酷，
室内悬挂雪冰图。
既然画饼能充饥，
何愁望寒不去暑？

故　事

风干往事成曾经，
追忆勾回好心情。
激情岁月虽说苦，
汗珠泪滴也晶莹。

岁月随笔

江流日下岁起东，
万物萧疏恨秋风。
叶落无迹归土尘，
花凋留香消长空。

儿童节有感

稚气未尽霜鬓发，
犹新无猜过家家。
而今子辈又子辈，
梦里依然豆蔻花。

青年节感言

青春褪尽无影踪，
经历沧桑仍从容。
心境未坠人不老，
此时余生最年轻。

采桑子·心海

接纳百川索激情，
风无浪静，
风驰潮涌，
浪潮怎改海品行。

心宽若海静如平，
云净风轻，
天地包容，
不畏将来淡曾经。

朋 友

在我风光旖旎的时候
你总是送来祝福
在我绿意盎然的时候
你总是送来温度
在我掌声如雷的时候
你总是送来花束
在我如日中天的时候
你总是送来支助
甚至
在我群芳追逐的时候
你搭桥送来爱慕
然而
在我寒酸落魄
向隅而泣的时候
多么渴盼你真诚的慰抚

可是朋友

你却不知何处

也许

你会解释为小小疏忽

或者

你会推脱给种种缘故

但从此呀，朋友

你在我的心目中

失掉的不只是友谊

而是你的全部

鹊桥仙·浮华背后

——电视剧《浮华背后》观感

半生拼搏，
上下求索，
终究修成正果。
春风得意马屁多，
蜂拥者，
歌功颂德。

东窗事发，
丧魂落魄，
门前随即雀罗。
树倒猢狲皆散落，
到头来，
一梦南柯。

观电视剧《人民的名义》有感

上梁不正下梁歪，
机制不健生怪胎。
倘若治标不治本，
反腐犹如割韭菜。

采桑子·欲与望

——观电视剧《人民的名义》有感

如戏人生剧跌宕，
宦海官场，
地狱天堂，
陷阱诱惑几能挡？

心若不足蛇吞象，
失控欲望，
自我断葬，
迟悟遗恨泪千行。

时 光

慨叹疾风飘白日，
喘息未定西趱驰。
春光才葱江岸柳，
秋色又老路旁枝。

幸 福

追逐幸福一生苦，
谁将幸福说清楚？
儿时幸福很简单，
而今简单就幸福。

最美不过是花期

姹紫嫣红娇欲滴，
千姿百态斗妍奇。
蜂蝶掠尽芳颜淡，
落蕊犹收香露蜜。
何只桃李笑春风，
你方绽罢我登基。
十二花令各风骚，
四季无时不花期。

酿　诗（五首）

一

风花雪月一壶酒，
如画山河任畅游。
苦辣酸甜品意味，
人生百态关情仇。
兴衰悲欢几多事，
真伪善恶辨美丑。
杂读碎想聚羽片，
灵感凝笔写春秋。

二

却道天凉好个秋，
赊来皎月醉心洲。
纵无妙笔生创意，
执意三更作诗囚。

三

日月肩上游，
江河掌下流。
四季身边转，
吟源何须愁。

四

诗兴一发不成收，
宛如开闸放水流。
风花雪月激立意，
苦辣酸甜悟春秋。

五

最喜构思入意境，
敲词吟韵雏成形。
倏索锦句做点缀，
不觉嫣然笑出声。

赞打油诗

口耳相传有魂灵，
通俗风趣悦众生。
世界本就万花筒，
何为雅俗起辩争？

“贪”与“贫”

笔画相同形相近，
“贪”点错位便成“贫”。
失足化为千古恨，
回头已是百年身。

官　位

官位是件演出服，
卸台脱下便平夫。
倘若入戏难自拔，
必遭失落忍孤独。

某些官员

正经八百台上坐，
一脸公文费琢磨。
素餐尸位君何奈？
官不聊生怨气多。

岁末盘点

日历翻尽一岁除，
句号放大成空无。
盘点三百六十五，
没有成就没付出。
随心所欲支时空，
听曲吟韵翻闲书。
君问此年何感触？
最得收获是糊涂。

观电视剧有感

越古穿今厌其繁，
千年风流随意编。
多为粉黛伴悲剧，
肇端便知结局篇。

自　嘲

少小离家滚红尘，
一无所有有精神。
而今精神加个病，
不通文墨充诗人。

后记

蹉跎岁月若浮云，
闲散诗文闲散人。
莫嘲卸甲充秀才，
字里行间现灵魂。